PENSAMIENTOS DE HARU

PENSAMIENTOS DE HARU

PRÓLOGO DE
FLAVIA COMPANY

© Ediciones Kōan, s.l., 2022
c/ Mar Tirrena, 5, 08912 Badalona
www.koanlibros.com • info@koanlibros.com

Texto © Flavia Company, 2014
Fotografía © salvalopez.com / @salvalopez
Diseño y dirección de arte: mirindacompany.com / @mirinda_company
Maquetación: Cuqui Puig

ISBN: 978-84-18223-49-5 • Depósito legal: B-13302-2022

Impresión y encuadernación: Liberdúplex
Impreso en España / *Printed in Spain*

1ª edición, octubre de 2022

Yo soy el dolor del mundo.
Yo soy el alivio del mundo.
Yo soy tú.

HARU

La condición para que les cuente
esta historia es que no me
pregunten de dónde la he sacado
y que acepten que habrá detalles
que no conozca o para los que
no tenga explicación.

PRÓLOGO

«La condición para que les cuente esta historia es que no me pregunten de dónde la he sacado y que acepten que habrá detalles que no conozca o para los que no tenga explicación.»

Así comienza *Haru*, la novela, y hoy, en la misma casa en que la pensé y la escribí, voy a intentar desentrañar su origen, voy a procurar encontrar una explicación a lo misterioso e incomprensible que anida en su nacimiento. Voy a contestar a una pregunta que me han hecho muchísimas veces muchísimas personas tras haber leído, sin embargo, ese inicio.

No va a ser el único fragmento de *Haru* que aparezca en estas páginas. Al contrario. Este volumen es un compendio de las frases que unas y otros han subrayado al leer la historia de la vida de nuestra arquera; es la reunión de todas las citas que se han copiado en cuadernos, se han pintado en paredes, se han tatuado en la piel. Es la respuesta a tantas veces como me han pedido que existiera y es, también, el libro que cierra el ciclo de este mundo creado en torno al personaje. Primero *Haru*, seguido de *Magōkoro*. Más tarde *Ya no necesito ser real*, libro con que inicié el uso de heterónimos y que firma Haru. Luego *Teoría de la resta*, texto atribuido a su padre, Osamu, y ahora, *Pensamientos de Haru*.

Las primeras imágenes que me llegaron de Haru no fueron en su casa ni con sus padres, sino en el dojo. Cuando digo imágenes me refiero a las visualizaciones que de modo impensado tuve durante mis meditaciones tras la práctica diaria de yoga. Desprovista la mente de intención, de prejuicios, de expectativas, de ambiciones, de actividad voluntaria, en libertad la imaginación y desde el silencio, fue capaz de captar o de idear lo nunca antes sospechado: una escuela en Oriente con características que la acercaban sobre todo a Japón, donde yo nunca había estado, pero que me permitían pensar también en cualquier otro país asiático.

El primer día en que la meditación me llevó a ese lugar y en que tuve la sensación de haber estado o incluso de estar allí —hasta el punto de ser capaz de dibujarlo, de necesitar hacerlo— no di crédito a lo sucedido.

Podría decir que me asustó, pero no. Esa sensación de alerta no sobrevino hasta el tercer día. Permítanme decirles que jamás me había pasado nada parecido y que, incrédula como soy o era, me preocupé por mi estado mental. ¿Qué sentido tenía ver cosas sin pretenderlo?

A partir del tercer día, sin embargo, aquellos veintiún minutos de meditación empezaron a intrigarme. Tenía ganas de que llegara el momento de sentarme en loto y de entrecerrar los ojos para ver qué sucedía. Estaba convencida de que en cualquier momento desaparecería el ensalmo.

Al contrario. Allí estaba, de nuevo, Haru —que todavía no se llamaba así—, y la escuela, y algunos maestros —Kazuko apareció desde el principio— y unos cuantos compañeros con los que al final sumaban ocho, la forma vertical del infinito.

Cuando se cumplieron siete días pensé que debía anotar la información que estaba recibiendo —¿era ése el verbo que convenía?—. No debía olvidarla. Llegaba y se desplegaba en mi mente como si existiera antes de que la captara. Como escenas ya rodadas que se proyectaban en la pantalla de mi cerebro disponible, abierto, alucinado. Y agradecido, también. Me sentía muy agradecida.

Así que al séptimo día tomé apuntes y pensé, desde una superstición que sin duda me resultaba desconocida y no me caracterizaba, que a causa de haber querido atesorar lo recibido me iba a ser arrebatado, como castigo, y que al día siguiente no iba a llegar ninguna información de ese más allá que ya para entonces había argumentado.

No desaparecieron las visiones ni dejé de recibir ese fluido de imágenes e información. La magia seguía en pie. De modo que todos los días, en cuanto terminaba la meditación, me aplicaba a apuntar en un cuaderno lo visto, lo sentido, lo oído.

Y así durante noventa días. Uno tras otro. Sin pausa. Tal vez por ello, aunque me maravilló, no me sorprendió que, una vez publicada la novela, mi amiga japonesa Kumiko, que vive en Málaga, me hiciera una visita con su ejemplar de *Haru* lleno de papeles de color rosa con los que llevaba marcadas un montón de páginas y me dijera que no entendía cómo una occidental había conseguido escribir aquella novela oriental que le había recordado a su infancia, a sus paisajes, a sus padres y a sus comidas y a su dojo y a sus maestros. «Este libro no es posible», me dijo.

Ese libro fue fruto de la confianza. De la confianza, sí, y del respeto, también. Es decir, del amor. De la fe. De la convicción de que el mundo puede cambiarse, de que la consciencia es posible, de que todas las personas pueden darse cuenta de lo necesario y actuar en consecuencia.

Nunca había tirado con arco. Nunca había estado en Japón. Nunca había practicado la caligrafía. Nunca había

6) De regreso de las galerías de tiro a la vivienda, encuentra a unos niños que les piden un regalo, una flecha. Chi Chren les da una que se le ha astillado durante la práctica.

En la televisión un maestro si tu le pregunta por qué ha dado al niño la flecha rota. Chi Chren dice que fue el niño le da igual y que le ha hecho lo mismo ilusión que se fuese intacta.

La maestra dice: No importa lo que el niño ha recibido sino lo que tú le has dado. Para tirar hay que darse. Si no aprendes a darte, jamás podrás ser en ti un tiro perfecto.

17. La maestra dice: Hoy iréis al bosque, os sentaréis al pie de un árbol y os convertiréis en él.

Clic Alan respira, obedece y tras todas las horas de

fabricado tinta. No tenía ni idea de cómo era un dojo ni de las enseñanzas impartidas por sus maestros. Entonces pensé que Verne nunca había estado en la luna ni Defoe en una isla desierta. Que la literatura era ese mundo que existía gracias a quienes no podían renunciar a él. Gracias a intuiciones imperativas, a la fascinación por los cuentos, al peso de la incertidumbre. Que la literatura, el arte, era la respuesta humana a las preguntas secretas que hacían dioses inexistentes en los que deseábamos creer.

No sabía en qué se iban a convertir después aquellas visiones. No sabía siquiera si iba a escribir sobre ellas o a partir de ellas. Si tomaba notas sólo para mí, para no olvidar lo entrevisto. Sospechaba que sentiría la tentación de darlo, como me ocurre siempre con lo que escribo; tengo la certeza de estar viendo algo que ocurre frente a todo el mundo, pero todo el mundo está mirando justo hacia una parte distinta, y es todo tan veloz que no me da tiempo de avisar para que la gente se gire a ver y me toca después relatarlo con palabras, el único modo en que podemos contarnos las cosas unos a otros y a través del tiempo. Un milagro.

Claro, claro que cuando decidí escribir leí acerca de algunos de los temas que me ocupaban. Pero eso fue mucho después y para ello todavía me faltaba ganarme a mí misma unas cuantas batallas.

¿Tenían relación mis visualizaciones con lo que me rodeaba en esos momentos? ¿Tenían que ver con mi vida cotidiana? De alguna forma, el nacimiento de *Haru* tuvo que ver, sí, con una situación de aislamiento que no había conocido hasta entonces y de la que pude salir gracias a la escritura de la novela. Me atrevería a decir más: a la lectura de la novela una vez escrita. Allí fue donde me di cuenta de que yo era

Haru y de que, si yo era Haru, todos éramos Haru. Y de que debía actuar en consecuencia.

Me queda claro que jamás habría llegado a esas instancias de concentración de no haber creído en el poder de la disciplina, que nos permite elegir el esfuerzo por lo mejor incluso en esos días en que, vencidas, nos dejaríamos arrastrar por la desidia de lo fácil. Las visualizaciones no llegaron con las primeras meditaciones de mi vida sino mucho después, cuando ya no eran fruto de la voluntad sino de mi naturaleza. La naturaleza de la meditación es humilde. No distingue, sino que iguala. No destaca a nadie, lo suma a los demás.

No me percataba, mientras avanzaba en las visualizaciones, de las muchas similitudes entre la vida de Haru y la mía. La muerte prematura de la madre, la severidad del padre, la soledad en la escuela, la rebeldía, la tenacidad, la vocación. Las huidas, los regresos, los viajes. Aquel cerezo en su casa, homenaje al que había habitado en el jardín delantero de la mía hasta que, por seguir el consejo de quienes me decían que iba a quebrar tuberías y alterar cimientos, acepté que lo talaran. Ardió después en la chimenea y todavía escucho con nostalgia sus silbidos mientras el fuego lo quemaba. Aún veo, dibujadas contra el cielo, las cerezas rojas con que me sorprendía por las mañanas nada más abrir los postigos de madera. Lo extraño.

Era más consciente, en cambio, de algunos puntos en común de la maestra Kazuko y mi abuela. Del zapatero y mi abuela. De la actitud de los maestros y mi abuela, una mujer sabia y empática de la que todavía hoy, más de tres lustros después de su muerte física, sigo aprendiendo. Rosa Rosell Borrás. Quien se le acercaba, sentía serenidad y amparo. La lectura y la conversación eran sus aficiones principales. La bondad y el silencio, su magia. Agua.

23

Estaba aprendiendo a aceptar lo que me era dado. Intentaba no impacientarme, no forzarme a decidir qué iba a hacer, cómo lo iba a narrar en caso de que lo narrara. La historia crecía y se estaba convirtiendo en una posibilidad con la que había fantaseado toda mi vida de escritora, es decir desde siempre: relatar una vida entera, completa, redonda. Una esfera que, rodara como rodase y hacia donde rodase, siguiera su curso sin tropiezos, sin altibajos. Música. Una canción que sonara una y otra vez. En el fondo siempre había albergado la ilusión de escribir una obra musical hecha literatura; y una obra filosófica hecha literatura; y la vida misma contándose sin intermediaria, necesitada sólo de una mano que copiara al dictado de la existencia, de lo que todos sabemos, de aquello que nos constituye, del misterio que puede decirse aun sin entenderse.

Me estaba endeudando con el regalo que la vida me ofrecía. Aunque tal vez no fuera un regalo sino un premio a tanta dedicación y tanta constancia y tanta fe y tantas ganas. Lo cierto es que cuando comencé por fin a escribir *Haru*, sentí que había llegado al lugar al que, sin saberlo, siempre me había dirigido. Todo comenzó a tener sentido. Y por esa misma razón, supongo, cuando puse el punto final —tinta negra, pluma Montblanc, cuaderno de papel liso, sin rayas ni cuadros, sin espiral— me lancé a llorar sin pretenderlo, por sorpresa. De una forma imparable y convulsa. A veces me han preguntado si tuve la sensación de quedarme sin nada al acabar. Y no, no fue eso lo que me hizo llorar. Todo lo contrario, fue la desconocida experiencia de la plenitud.

Llegó el punto en que tuve bastante. Habían sido tres meses ininterrumpidos de visualizaciones. No se trataba de que estuviera cansada. Era más bien la incomprensible certeza de haber llegado al final de una travesía. De una orilla a otra. No podía seguir navegando por tierra. Debía abandonar la embarcación y pensar en cómo y para qué entregar lo que las redes habían recogido durante el viaje. Cómo brindar los tesoros. Cómo compartir la odisea.

Dar. Exacto. Y ahí empezó mi lucha. La batalla contra mí misma. Contra el pensamiento. Contra las convenciones. Contra cualquier clase de temor. Contra cualquier tipo de propósito. Florecer. De manera inevitable y acorde a lo que se es. Dar el fruto para el que se ha nacido. Dejar que surja. No debe importar si se va a ser un árbol que se suma a un bosque por el que van a pasar montones de individuos o un árbol en lo alto de una cima solitaria por la que jamás nadie va a circular. Ser y que sea lo que es y nos es. El estado de meditación debía trasladarse a la escritura. ¿Cómo? Gracias al abandono de cualquier intención. Aplicarse, respirar, comprender.

¿Qué tenía entre las manos? ¿Cuentos? ¿Poemas? ¿Un ensayo? ¿Unas cuantas conferencias? ¿Vivencias que compartir frente a la chimenea? ¿Algo que callar pero a partir de lo cual actuar? ¿Una novela? ¿Un libro de enseñanzas? ¿Qué tenía entre las manos y cómo podía saberlo y, una vez sabido, realizarlo? De nuevo: El estado de meditación debía trasladarse a la escritura. ¿Cómo? Gracias al abandono de cualquier intención. Aplicarse, respirar, comprender.

Dejé pasar el tiempo. Seguí con la meditación. Sobre todo, para desprenderme de todo objetivo, de cualquier apego. No podía haberlos. Dar de corazón, sin intención ni interés: Magōkoro. No se trataba de tener un propósito ni de alcanzar una meta. Tenía que comprender. Sólo comprender. ¿Qué debía hacer con lo recibido? ¿Cuál era el modo correcto de honrar y compartir lo alcanzado?

Tener intenciones es perderse. Un acto que alberga una intención no es ese acto sino la intención que alberga. Tenía los frutos y me había convertido en la intermediaria. Los había recogido al pie del árbol de la meditación y era importante ser capaz de reconstituir el árbol para que pudieran tomarlos con sus manos quienes se acercaran a él. Porque todos y todas somos Haru y sólo iba a ser posible saberlo al experimentar esa misma travesía que me había tocado en suerte. Novela. La novela sería el vehículo, la nave que permitiera cruzar de una orilla a la otra a todo aquel que deseara zarpar.

No podía imaginar todavía que la novela que iba a escribir y con cuya idea estuve meses trabajando sin bajar ni una sola línea al papel, no podía imaginar, digo, que sería el germen de otros libros y de tantas historias reales, humanas, como la iban a rodear. *Haru* no iba a ser sólo un libro sino, en efecto, una experiencia. Era lo justo. Lo necesario. Una comunidad. El modo de agradecer que se me hubiese concedido el privilegio de portarla. Era la canción de muchos y de muchas, cuya melodía había escuchado yo, y de la que me había convertido en instrumento para que sonara. Gratitud y contento.

Por fin, tras muchos meses de buscar los caminos, de armar rompecabezas en mi mente de narradora, de pensar en el mejor modo de compartir lo que me había sucedido, escribí la primera línea del manuscrito que, después, iba a ser la última del prólogo del libro publicado: «¿Cómo puede haber salido el sol un día más, después de su muerte?».

Cabeza, cuerpo y corazón. No hay otro modo de crear. Sí de producir, por supuesto. Pero no de dar vida a lo que todavía no existe. Corazón, cuerpo y cabeza. No hay un orden, no hay prioridades. Cuerpo, cabeza y corazón. Tres por tres. Triángulo equilátero cuyo círculo transita perfecto e invisible alrededor. Las fuerzas no se contradicen; se equilibran.

Una vez comencé a escribir, comprendí que, de una forma para mí inexplicable pero genuina, se había abierto un canal entre mi realidad y la que había percibido a través de las meditaciones. Comprendí que Haru era tan real como yo misma, pero en otro tiempo y en otro lugar, y que también ella podía verme, adivinarme, saberme desde allí, desde su lado, porque nada de lo que haya podido o pueda imaginar un ser humano queda fuera de este mundo; si no ha sido ya, será. Por eso Haru somos y la hemos escrito todas y todos, porque nada podía evitar que llegase hasta aquí, porque sin duda había estado buscando el modo de cruzar y decirnos: yo soy el dolor del mundo, yo soy el alivio del mundo, yo soy tú.

¿Era necesaria la novela que estaba escribiendo? Ésa fue una de las preguntas que tuve que desterrar de mi mente. ¿Acaso un rosal se pregunta si hace falta aquella rosa que está a punto de brotar? ¿Acaso el gato duda sobre el sentido de trepar a un árbol? ¿Una nube duda sobre la lluvia a punto de caer? Aplicarse, respirar, comprender. Y magōkoro.

Haber escrito *Haru* ha sido algo similar a lo que, supongo, sentían los navegantes históricos que recorrían perdidos los océanos cuando por fin encontraban la tierra desconocida de la que habían defendido la existencia con la propia vida. La sensación de tocar al fin lo que la fe ha sostenido. Y saber que ha sido suficiente.

♀ Haru, Mitsu, Sayo
Katzuko, Ryoko, Kumiko
Natsu, Shizue

Padres: Otsuki, Kumiko
Maestra: Katzuko

♂ Otsuki, Yasunobu, (Yukito,)
Funaki, Sóseki, dosho,
Inazo, Kimitake

Discípulos: Haru; Yasunobu, Funaki,
Kimitake, Inazo; Natsu,
~~Kumiko~~, Sayo, Shizue

ㄱㅁㅁㅡㄱ

Prólogo

¿Cómo es posible que haya salido el sol?

Han está en la cocina, sola, de rodillas ante la mesa baja. Mira el plato de fruta fresca que pudo(?) de la noche anterior. Si su madre no hubiese muerto le diría, Han, ¿no te la comes? Le diría, la fruta es el cuerpo de silencio. Le diría para comer fruta hay que oír cómo late el corazón. Le diría la

PENSAMIENTOS DE HARU

«Haru está sola, sentada a la mesa baja de la cocina. De rodillas. Mira el plato de fruta fresca que quedó la noche anterior. Si su madre no hubiese muerto le diría, Haru, ¿no te la comes? Le diría, la fruta es el cuerpo del silencio. Le diría, para comer fruta hay que sentir cómo late el corazón. Le diría, la vida es la fruta, Haru, y los años son la piel.»

«Mirar es llorar, mirar es llorar; vete a arrancar las malas hierbas.»

«El padre, siempre vestido de negro, es el muro de piedra. Y la hiedra que se le aferra es salvaje.»

«Haru tiene que ser capaz de comenzar una vida, no puede convertirse en un apéndice tuyo o de mi muerte.»

«El camino no comienza hasta que no se pone un pie en él, un primer paso, que siempre duele y asusta.»

«El animal que no se aleja de la manada es un animal asustadizo y vulnerable.»

«Quien huye, tarde o temprano tiene que volver para poder marcharse.»

Cuando muere un pájaro,
cambia el movimiento
del aire para siempre.

«Destruye con los ojos cerrados todo lo que encuentra con los ojos abiertos.»

«¿Cómo puede haber salido el sol un día más, después de su muerte?»

«Una madre que muere puede querer esta clase de cosas, asegura, pero es más bien una pregunta. Tienen voluntad, los muertos. Y también es una pregunta.»

«Sus ojos desprenden un mensaje contradictorio, una mezcla entre la fuerza y la debilidad, un lugar imposible entre cara y cruz.»

«La gente no cambia, sólo cambian las circunstancias.»

«No se puede echar a alguien que tiene el deber de irse. Su madre siempre hablaba con frases cortas, con frases que podrían haberse escrito de un solo trazo: dejaba caer el sonido en el aire como el pincel en el papel.»

«Los maestros ejercen de guías. Observan desde lejos, pero también de cerca. Intentan mostrar, en vez de explicar. Pedir y no exigir. Preguntar antes que responder. El camino del tiro con arco puede parecer, desde fuera, destinado a hacer coincidir la punta de una flecha con el centro de una diana pasando por la fuerza de una cuerda, pero es, como todas las disciplinas sagradas, un camino para hacer coincidir la flecha de los pensamientos con la diana de los actos, pasando por la cuerda de las palabras.»

«Haru se descalza, hace una reverencia, entra, se arrodilla ante la maestra, a unos cuantos pasos, e inclina la cabeza hasta casi tocar el suelo, como tantas veces ha visto que hacían los alumnos de sus padres. Puesto que no cierra los ojos, ve la madera gastada a unos milímetros y piensa que la proximidad absoluta hace que desaparezca la realidad.»

«Quiero recordarte que el tiempo pasa de la misma manera para todos los que creen en su existencia, pero sólo los que sufren lo perciben. ¿Puedes decirme qué te atormenta?»

«Tendrías que saber que nuestro destino no es el que creemos sino más bien lo que se nos cruza en el camino cuando nos desviamos por razones impensadas.»

«—Mira estos peces —pide Natsu—, ¿crees que están conformes?

—Ni lo están ni no lo están —observa Haru—, ¿qué tiene que ver?

—Nada —comenta Natsu—, es que de pronto he pensado que sólo podemos ser lo que somos si no nos miramos desde fuera.»

«¿Quién no se ha encontrado rechazando lo que llega de golpe para descubrir más tarde que no sólo era el único camino posible sino el más cercano al corazón?»

«Me he dado cuenta de que el destino no es lo que vivimos sino lo que entendemos.»

«El blanco está en nuestro interior y somos nosotros quienes lo movemos al proyectarlo. Lanzamos la flecha ya dentro de la diana. Es por eso que no se trata de acertar, porque es imposible.»

«Quiere decir que mientras nuestros actos tengan una intención, apuntan a una diana externa, imposible de alcanzar. Quiere decir que si nuestros actos no tienen intención, dan en el blanco incluso antes de tener lugar.»

«El maestro se levanta, enciende una vela pequeña y la coloca ante el alumno. La llama dibuja sombras inquietas en las paredes. Fuera, la luz se desvanece poco a poco; los árboles empiezan a convertirse en figuras humanas, los arbustos en animales desconocidos, los ruidos en misterios. Los maestros sostienen que si se presta atención auténtica pueden oírse los pasos de las hormigas, el crujir de las hojas, el movimiento del planeta.»

«Quizás es el concepto al que se refería mi padre cuando decía que la acción provenía de la quietud, porque del movimiento sólo podían derivar reacciones.»

«Al contrario de lo que suele pensarse, la verdad sólo llega cuando uno se queda quieto para que lo encuentre.»

«Nos volvemos sabios cuando hacemos preguntas; aunque no obtengan respuesta; porque una pregunta bien hecha lleva la respuesta en la espalda de la misma forma que un caracol lleva su caparazón.»

«Es mucho lo que se aprende gracias a la práctica del tiro con arco, pero uno de los descubrimientos que llega con mayor velocidad es que cada vez que se pierde la atención, se hiere a alguien.»

«Volver a los recuerdos es modificarlos; modificándolos se corre el riesgo de dudar; dudar sobre lo que se ha aprendido es ir hacia atrás.

«Intenta averiguar qué estabas pensando y sabrás qué debes resolver.»

«Cuando muere un pájaro, cambia el movimiento del aire para siempre.»

«No vas a ganarme nunca. No gana quien quiere ganar, sólo gana quien quiere jugar.»

«¿Qué se gana cuando se vence?»

«El vicio de la arrogancia, que tantas veces roza la crueldad.»

«Los héroes auténticos son siempre más humildes que los héroes transitorios.»

«¿Qué es la honorabilidad sin la vida?, le preguntaron esposa e hija. Y el hombre contestó, mucho más que la vida sin honorabilidad. ¿Era cierto?»

«El sabor que prevalece no es el del condimento más fuerte sino el del que se combina mejor con los demás.»

«Entendía que su madre necesitara irse y la animó a hacerlo. Después la echó de menos como sólo se extraña el aire bajo el agua.»

«Quien busca la aprobación de los demás, vive con un intruso dentro de sí mismo.»

«Cuando se vence, se gana la posibilidad de perder. Pensadlo.»

«Mojar el pincel, de pelo de torso de comadreja, el más adecuado para su caligrafía. Descubrir que no está cansado porque lo ha dejado reposar el tiempo suficiente; un fude cansado no rinde, no obedece, no reconoce el papel ni la mano que lo usa.»

«Kazuko coloca en medio de la mesa la piedra que ha recogido en el jardín antes de entrar. La observa. Se identifica con ella. Escribe: El golpe que me aleja de un lugar me acerca a otro lugar. He llegado a tener mi forma, que perderé, gracias a los impactos que me han llevado de un sitio a otro. No puedo decir que sea mejor aquí que allá. El calor y el frío dependen de mi situación entre el resto de las piedras. El lugar que dejo vacío se llena, y si he hecho bien mi trabajo, nadie se da cuenta del cambio.»

«Promoción tras promoción los alumnos se enfrentan por los mismos hechos. Visualiza la imagen de un montón de piedras a la orilla del mar: tan similares, convencidas de moverse por sí mismas sin darse cuenta de que las impulsa el agua, a todas por igual.»

«Y sin embargo es así —aseguró Mitsu—. Si en vez de mirar sólo al blanco hubieseis prestado atención a vuestras flechas, ahora conoceríais la verdad que tanto os preocupa. Tenéis que entender la importancia de observar vuestros pasos al mismo tiempo que vuestro lugar de destino. Si no, siempre tropezaréis.»

«¿Por qué no acepta lo que es y sí en cambio lo que quiere que sea, si no conoce los efectos sobre ella de ninguna de las dos posibilidades?»

«Es lo que los poderosos suelen hacer con los que consideran inferiores; cuando los tienen deshechos, los moldean a su antojo.»

«¿El dolor de corazón es un alfiler?»

«Quien no era capaz de serlo todo no era capaz de ser nada.»

«Mientras creas que el arco es reemplazable y que sólo tú eres irreemplazable, no habrás ni siquiera empezado a comprender el arte del kyūdō.»

«¿Cuántas veces puede un arquero perder su arco? Ante esta pregunta, los maestros contestan: ¿Cuántas veces estaría una persona dispuesta a perder la vida?»

«¿Acaso no es un espacio para la reflexión, lo que nos diferencia de los demás?»

«El ruido siempre pretende convertirse en centro de atención.»

«Deberías intentar dominarte a ti misma y dominar tu interior en vez de dominar a los demás o su interior. No olvides respirar, controlar lo que entra y sale de tu cuerpo. La alteración proviene del desequilibrio entre estos dos mundos.»

«Me recuerda a la historia de aquel viajero ignorante que iba deprisa por un camino de montaña sin pensar en nada más que en llegar a su destino. De repente tropezó con una piedra que le provocó una herida en el pie. Se enfadó. Con la piedra, con el pie, con el camino, con su suerte. Tanto, que siguió adelante sin dejar de lamentarse por lo que había ocurrido ni de culparse por su descuido. Iba tan atento a su anterior episodio que ni siquiera vio llegar el alud de rocas bajo las que quedó sepultado en pocos segundos.»

«Los discípulos se distinguen por la vacilación del tiro. Los maestros no se distinguen.»

«El mundo se reparte entre los parásitos, que comen de los otros, y los depredadores, que se los comen.»

«A veces se gana,
a veces se aprende.»

«Con los cobardes no hay nada que hacer; están hechos de una pasta blanda modelada paso a paso por las circunstancias.

¿Es valiente el que se atreve con los cobardes?»

«Los actos incorrectos provocan consecuencias nefastas por mucho que se obedezca a otros.»

«El cansancio deja fuera de juego la resistencia de la mente.»

«¿Has observado lo que pasa cuando una planta recibe demasiada agua? ¿Has observado qué ocurre cuando recibe demasiado poca? ¿Has observado qué pasa cuando recibe el agua y el sol en la medida justa?

Natsu contesta:

—Yo no soy una planta.

—Es verdad, no eres una planta, pero también puedes pudrirte o secarte. El equilibrio entre lo que recibimos y lo que damos es la única posibilidad de florecer.»

«Recordar vivamente a la madre le produce alegría. Recordar vivamente a la madre le produce tristeza. ¿Cómo es posible que dos sentimientos tan opuestos sean reales al mismo tiempo y con la misma intensidad?»

«El sol y la luna conviven en el firmamento, Haru. Cuando impera el primero es de día, cuando impera la segunda es de noche. Pero en el mundo es de día y de noche a la vez.»

«Si lo que toca es recoger manzanas, toca. La gracia de la disciplina es que determina lo que es correcto antes de que llegue el momento de decidir. Es práctico y ahorra tiempo. Cuando una sabe lo que debe hacer no necesita pensar en qué le gustaría hacer. ¿A quién le importa?»

«Se conforma el que hace lo que no quiere; quien sabe lo que debe hacer y lo hace aunque no lo desee no se conforma sino que actúa con coherencia.»

«Sólo los que no saben lo que quieren hacen lo que no quieren.»

«El sirviente sin amo es un eslabón sin cadena.»

«Itachi, tendrás que soportar la responsabilidad, por un lado, de haber dicho que sí a lo que querías decir no, y por el otro, de haber culpado a Fuyuku por tus decisiones.»

«Por lo que se refiere a la idea de que las buenas acciones compensan las malas acciones, ¿qué opináis?»

«¿Escoge el rayo el árbol sobre el que cae? ¿Elige la luna el viajero para el que ilumina el camino?»

«Las equivocaciones son como la fuerza del rayo, inevitables. Cuando distinguimos entre el bien y el mal y escogemos el mal no nos equivocamos: la vida nos ofrece la posibilidad de conocernos un poco mejor.»

«—¿Y si no nos identificamos con lo que hemos hecho? —pregunta Natsu; sus cabellos rojos brillan al sol como si fueran fuego.

—Entonces la vida nos lleva hacia el pozo de las justificaciones y las venganzas —dice Sho mientras da a cada alumno una de las manzanas que han recogido—. ¿Será peor, alguna de estas manzanas, si en su interior encontramos un gusano?

"Y si consideramos peor la manzana que contiene un gusano y es la nuestra, ¿intentaremos esconderla a los ojos de todos? Y si intentamos esconderla a los ojos de todos, ¿no otorgaremos tiempo al gusano para que se la coma desde dentro hasta dejarla vacía por completo y para que se traslade deprisa, antes de quedar sin alimento, a la manzana que tenga a su lado?

Todos miran la fruta que tienen entre las manos. ¿Es un espejo?»

«Importa quién eres, sí. Importa también a quién dejas vivir a tu lado.»

«Todos los seres humanos son capaces de las mejores acciones. Y de las peores. Y todos los seres humanos tienen la posibilidad de escoger cada vez que dan un paso. El misterio del mal reside en aceptar su existencia.»

«Muy pocos reciben de manera pacífica las decisiones de otros cuando les afectan.»

«Lo que está mal no puede perdonarse a unos sí y a otros no.»

«Entretanto recoge piedras y las apila una sobre otra hasta que caen. Piensa que lo que está haciendo sirve como símbolo de cualquier aprendizaje.»

«Un paso adelante y un paso atrás no suman dos pasos.»

«¿Cómo explicar el tiempo que queda si la única medida de que se dispone es el tiempo que ha pasado?»

«Un regalo es una deuda, les decía el Gran Genkei a todos los que lo visitaban, detrás de cada regalo hay una intención, les decía, lo que importa es proporcionar lo necesario cuando hace falta y a quien le hace falta, les decía, el exceso no es el camino, suficiente es suficiente.»

«El precio de una mentira nunca lo pone quien la dice.»

«La observación del mal hace que nos acerquemos de una manera más responsable al bien.»

«¿Dónde se halla la frontera entre la confianza y la prudencia? ¿Tiene límite, la fe?»

«Si no creéis, os atraparán tanto las flechas que van dirigidas a vosotros como las que no. Si creéis, os quedaréis quietos cuando sea necesario y os moveréis cuando sea necesario. El miedo hace que nos movamos cuando no toca y que nos paralicemos cuando deberíamos movernos.»

«Mientras no creáis en la posibilidad de volar, no creeréis que otro pueda hacerlo. Y esta información, que es la que dais a la mente, se impone a los ojos del cuerpo.

Desafiante, Haru interviene para preguntar:

—¿Y cómo puede ser que el niño te haya visto volar?

Sho contesta:

—El niño me ha visto porque sus ojos no dependen de la mente. No se compara con nadie y eso le permite creer lo que ve. No lo niega para salvarse.»

«Constituye una de las pruebas para convertirse en maestro: dejar que sólo las dudas que se convierten en preguntas lleguen a ver la luz y, entre ellas, sólo la más importante.»

«Recorre con pasos cortos y delicados la distancia que la separa de la sala central. De camino da algo de comer a los peces del estanque, que se le acercan a las manos en cuanto las ven. ¿La reconocen? Ella sí los distingue. Los ha observado tantas horas que ha detectado en cada uno de ellos un detalle diferente. Una mancha en la cola, un anaranjado más vivo en un lado, una escama perdida, la manera de nadar. Siente debilidad por uno que da vueltas siempre en el mismo rincón. Círculos, sólo círculos, ¿o lo hace cuando la ve para que lo reconozca o porque la reconoce?»

«Abrir una puerta nueva sin cerrar la anterior no lleva a ninguna parte.»

«Qué difícil resulta llegar al presente.»

«De aquí no podemos irnos. Sólo podemos huir.»

«Las acusaciones y las amenazas no son palabras, querida hija mía, las acusaciones y las amenazas son actos que todavía no han tenido lugar en el tiempo, pero sí en el espacio.»

«Los maestros comprenden que la vanidad del estudiante ha llegado al punto álgido y aceptan que las lecciones necesarias para combatirla las encontrará en la disciplina de la calle, a la que paradójicamente huye para huir de la disciplina de la escuela.»

«Quiero que observéis el silencio. No se trata sólo de no hablar, se trata de no querer hablar y de mirar el espacio que provoca dentro y fuera de nosotros. Id. Que tengáis un buen día.»

«No hablará de nada con nadie. Ni tampoco consigo misma. Dejará que la vida pase a través de ella sin ponerle letra. ¿Difícil? Mejor imposible. Su opción es ir a hacer la práctica de tiro con arco durante todo el día. Tendrá que estar concentrada y las palabras se las llevarán las flechas.»

«¿Llorar es hablar? Una vez Haru le había dicho que mirar es llorar. ¿Se refería a esto? ¿Cuando miras y ves, lloras? ¿De melancolía, de emoción, de agradecimiento? ¿Podrá olvidar a Kimitake? Siente compasión por él. ¿Es amor, la compasión?»

«Aquello forma también parte de la disciplina: mantenerse lejos de lo que la ha alejado.»

«Para tirar con arco tenemos que entregarnos enteros. Si no aprendes a dar, no podrás tirar, porque siempre te reservarás lo mejor para ti.»

«Si se piensa, no se consigue nada. ¿Cómo es posible que el pensamiento sea el obstáculo?»

«El aprendizaje comienza cuando deja de ser el objetivo.»

«No entiendo, maestra, por qué no basta con la corrección, no entiendo por qué tenemos que perseguir la armonía.

La maestra suspira y responde:

—Antes que nada, Haru, no es necesario que lo entiendas, sólo que lo aceptes. Para seguir, no perseguimos nada; llega lo que ha de llegar. Y para acabar, tienes que saber que la corrección se alcanza cuando los gandules se ven obligados a obedecer una disciplina. La armonía llega cuando la disciplina consigue que nos olvidemos de nosotros mismos y, por lo tanto, de nuestro esfuerzo.

Natsu, que está recogiendo sus útiles, pide permiso para intervenir:

—¿Es la disciplina el único camino?

Es Sho quien recoge la pregunta:

—La disciplina es la única que permite seguir el conocimiento y no la emoción.

Takara, que siente especial rechazo por la palabra *disciplina* pero no por sus efectos, se levanta con lentitud, se pasa la mano con los dedos abiertos por el cabello corto, como si lo peinara, y dice:

—Entiendo que no es la disciplina lo que lleva a la armonía ni a la sabiduría. Entiendo también que si se llega a cualquiera de las dos o a las dos es gracias a la disciplina. No es lo mismo, Natsu.»

«Creo que para detener del todo los pensamientos deberíamos estar muertos.

—Meditar es un camino para aprender a morir.

—¿Y quién quiere aprender a morir? Lo que tenemos que aprender es a vivir, ¿no?

—A morir debe aprender todo lo que vive.»

«Nadie que no acepte la verdad puede ser un buen arquero.»

«Quien es lo que es, no puede conocer ni describir su imagen. Sólo se puede conocer y describir desde dentro. ¿Quién eres?»

«Si los maestros se han equivocado alguna vez en las previsiones ha sido porque se han dejado llevar por el deseo o por la identificación. Dos palabras para decir casi lo mismo. Porque han abandonado la observación de la disciplina, porque han cometido el error de la soberbia, porque han perdido la atención. No se puede decir nada. No hay que decir nada. Tener presente el pasado o el futuro es una paradoja: presente sólo se puede tener el presente.»

«Sólo quien comprende sabe dar a cada cosa el tiempo adecuado.»

«Momento para ir a pasear a la orilla del lago. Lanzarán algunas piedras y observarán cuánto tiempo tarda el agua en quedar de nuevo en calma, cuánto tiempo tardan en desaparecer los círculos formados alrededor del tiro: fiel imagen de la mente cuando recibe un solo pensamiento. Es fácil, así, visualizar las movidas aguas de una mente que recibe pensamientos sin parar.»

«En el dojo impera la calma que se encuentra en los lugares donde cada cosa está en su sitio, donde cada persona realiza su trabajo, donde los espacios están repartidos con la armonía propia de la naturaleza: una selva, un desierto, un océano.»

«Es la prueba final: formar parte del mundo sin perderse.»

«Necesitar no es escoger. Para elegir debes poder prescindir de lo que eliges.»

«¿Se puede querer a un alumno? Probablemente el Gran Genkei contestará, a uno solo, no, Kazuko. A uno solo, no.»

«No se trata de ganar o perder, me parece —interviene Haru—, sino de elegir. Ahora que conocemos dos maneras de vivir, ¿cuál querremos?»

«La gente que hemos visto hoy vive por vivir; no me parece mal, vivir por vivir.

—Quizás tampoco se trata de lo que está bien o de lo que está mal —dice Takara, sino de lo que construye y de lo que destruye.

Después los cinco se entregan a las reflexiones en silencio. El camino, a pie, es largo.»

«Reunidos en la sala central y ante la pregunta de Sho sobre sus impresiones, sus conclusiones, sus emociones, los alumnos prefieren callar. Han aprendido que las respuestas apresuradas contienen siempre algún error.»

«—Es el último paso. Y es necesario. Tenéis que enfrentaros a los que sois entre los otros.»

«Quien de verdad ha aprendido no necesita ningún otro premio.»

«No quieren irse del dojo y sí quieren irse. Se les ha hecho largo y se les ha hecho corto. Cualquier reflexión lleva incluida la reflexión contraria. ¿Habría que llamar a esto equilibrio o confusión?»

«No olvides que la humildad no se puede perseguir. Sólo se persigue lo que está fuera de nosotros. Gracias por tu obediencia, tu fe y tu esfuerzo.»

«Las personas enfadadas viven siempre fuera del presente. Y es imposible la concentración, si te sitúas en el pasado o en el futuro, que no existen.»

«La idea de que hemos llegado hace que olvidemos que el camino nunca se acaba. Y que no tiene un único sentido.»

«No cabe duda de que has vencido el mayor de tus obstáculos: la frialdad que impide la fe. Recuerda que si la fe se convierte en aliada de la mente y no del corazón, puede transformarse en prepotencia.»

«Lo que no se ve pero se sabe es más valioso que lo que debe enseñarse para ser cierto.»

«Cuando muestras lo que has aprendido, enseñas lo que no sabes.»

«Cuando aprendemos a no decir mentiras corremos el riesgo de enamorarnos de nuestra verdad.»

«Tenéis que comprobar que sois libres, y eso sólo se sabe cuando nos enfrentamos a nuestras dependencias y comprobamos que han dejado de existir.»

«No creo que nadie se convierta en algo distinto de lo que es. Cada paso que damos es el paso que dibuja el camino de nuestra vida. Las decisiones que tomamos nos acercan más y más a los que somos y nos alejan de la imagen que tenemos de nosotros mismos.»

«Haru, lo que te ha pasado es que has tenido miedo de la relación entre tu deseo y la realidad. Primero quisiste que Kimitake recibiera un castigo. Y ahora te has sentido culpable y quieres tener las manos limpias e intacta la imagen que te llega de ti misma. No has cambiado de opinión: no has encontrado la fuerza para sostenerla. Juzgar a los demás siempre pasa factura.»

«Haru deja lo que está haciendo con la delicadeza que le ha enseñado Tame —todo merece la misma atención, Haru.»

«La luz de los ventanales ha bajado la intensidad. Las piedras preciosas de los zapatos ahora parecen unos guijarros cualesquiera. En cambio, la cuchilla que emplea el maestro zapatero brilla como un diamante.»

«Haru piensa que el zapatero es demasiado sabio, para ser zapatero. Pero no se atreve a decírselo, eres demasiado sabio para ser quien eres. Además, seguro que le contestaría algo así como, no somos lo que somos, no somos lo que pensamos, no somos lo que queremos.»

«He pedido que dibujaseis vuestro arco, Haru. Y ella le respondió: éste es igual al mío, maestra. Y Kazuko: no he pedido uno igual, sino el tuyo. Y añadió, has trazado las líneas con la cabeza, no has puesto ni el cuerpo ni el corazón; sólo con las tres instancias podrás llegar a conocer y a dominar tu arco; repítelo hasta que lo consigas. ¿Y cómo sabré que lo he conseguido? La pregunta es al mismo tiempo la respuesta.»

«Le da rabia saber que Fuyuku e Itachi han progresado. ¿Es justo? Le da rabia que le dé rabia. Una emoción de la que quiere desembarazarse. Dice Tame que las emociones deben expulsarse para dejar el camino abierto a los sentimientos. ¿Pero cómo hacerlo? Busca la respuesta y la encuentra en el sonido que le llega desde el otro lado de la pared: medita, Haru, medita.»

«Y por primera vez en todo aquel tiempo, Haru busca refugio en lo que ha aprendido en la escuela. Se sienta en postura de loto en el poco espacio que queda a los pies de la cama. Cierra los ojos. Respira. Al cabo de algunos minutos llega a una visualización que, más tarde, cuando la recuerde, la desconcertará: es ella misma, o quizás no, pero una mujer, en otra época, quizás futura, quizás pasada, y en el mundo occidental, una mujer que escribe, está sentada a una mesa de madera, está rodeada de libros, un gato pasa por su lado, un gato negro, se oye el sonido de las olas del mar, algunos pájaros, quizás gaviotas, quizás golondrinas, la mujer está atenta, tan atenta que, de pronto, se vuelve y la mira, a ella, a través del tiempo y del espacio, y le sonríe y le pide que no se vaya, el canal se ha abierto, le dice.»

«Hay gente que considera las jaulas como un refugio. También hay quien huye de un lugar pensando que abandona una jaula y era, sí, un refugio.»

«—Es imposible salir de una jaula verdadera. Para hacerla desaparecer no hay suficiente con alejarse: hay que destruirla. Si huyes por la puerta, la puerta permanece. Y si la puerta permanece, existe para siempre la posibilidad de volver a entrar. Es decir, sigue siendo tu jaula, la que te espera, la que te conoce, la que puede convencerte de nuevo de que se trata de un refugio.»

«Si no le pones puertas a la mente, poco pueden las que ponemos los humanos al mundo.»

«Allá donde había heridas ahora hay cicatrices imperceptibles, callos útiles.»

«Se enriquecen porque utilizan materiales de poca calidad. Mejor dicho, usan materiales de poca calidad para enriquecerse. Materiales con los que se pueden hacer cosas originales, innecesarias, pero que no sirven para fabricar zapatos que se encarguen de proteger y de educar los pies. ¿Sabes que todo lo que somos está en los pies y en nuestra manera de caminar? Camina mal y tu vida será un resultado directo. Nosotros ayudamos a hacer camino, Haru. No lo olvides. Nuestro trabajo es el que determina cómo se mueve una persona en el suelo que pisa.»

«El orgullo humilde con que Tame menciona el título que él mismo se otorga siempre la conmueve. Baja la cabeza, turbada. Espera en silencio.

—Si piensas que estás preparada cuando no lo estás, nunca llegarás a estar preparada.»

«—Es mucho lo que se aprende gracias al trabajo de zapatero, Haru, pero uno de los descubrimientos que llega con mayor velocidad es que, cada vez que se pierde la atención, se hiere a alguien. Y que ese alguien es siempre uno mismo.»

«No hay nada más injusto que el deseo ni más fuerte que la decisión de hacerlo realidad.»

«—Para mostrar agradecimiento habrías podido obedecer. Era suficiente y era lo necesario.»

«—No ha sido el agradecimiento lo que te ha impulsado. Si así fuera, habrías pensado en mí. Habrías limpiado el local, habrías abierto con puntualidad y tendrías preparado el té. Ha sido tu arrogancia lo que te ha guiado, Haru. Has considerado que te trato por debajo de lo que mereces.»

«Ante lo que es propio, manda el deseo, de modo que la mirada no ve; inventa. Sólo veréis la realidad cuando nada consideréis vuestro, cuando con nada os identifiquéis. Y sólo cuando veáis la realidad podréis tirar con arco.»

«La esencia acaba por encontrar la manera de revelarse; es como los arrepentimientos de los pintores: nunca desaparecen y los días, los años o los siglos hacen posible que, por fin, vea la luz el original.»

«Los conocimientos no pueden venderse, si se tienen, y no se pueden comprar, si se está dispuesto a adquirirlos.»

«Lo ve allí, concentrado en su trabajo. Da pequeños golpes de martillo. No hace ni ruido. O el ruido que hace se adapta al del mundo de un modo perfecto.»

«Esas lágrimas no son por mis pies, que te habrían importado antes, si te importaran. ¿Qué habrás hecho, Haru? ¿Con qué debes de haber cargado tu alma? ¿Qué llevas ahí?»

«Haru, se necesitan muchos meses de ahorro para comprar una pieza como ésta. No puedes haber ganado tanto. No de una manera honesta. Si el dinero con que la has comprado es robado, la pieza es también robada.»

«Ya te dije lo que tenías que hacer: pedir limosna cada día y obtener lo suficiente como para comprar un saquito de sal y reparar el daño que ocasionaste. Es muy sencillo. Las cosas buenas son siempre sencillas.»

«La diana no está en la punta de la flecha.»

«Cada día una vida.»

«Cuando no hay límite, no hay límites, y la noche lo demuestra sin ambages.»

«Un regalo es una deuda, detrás de cada regalo hay una intención, lo que importa es proporcionar lo necesario cuando hace falta y a quien le hace falta, el exceso no es el camino, suficiente es suficiente.»

«Y como si en vez de un arco fuese una flecha, y como si aquella flecha saliera del arco más preciso, Haru sintió que se le clavaba justo en medio del pecho, allí donde desde hacía tiempo no tenía diana, y que le abría el agujero necesario para dejar salir todo lo que había tapado, el miedo, el orgullo, la obcecación, la ignorancia. Y que al dejar salir todo el mal dejaba entrar todo el bien, las lágrimas, la pena, el agradecimiento, la añoranza.»

«Cuando no hay límite, no hay límites. Cuando llega un límite, llega el límite de todo.»

«No hay peor prisión que la de haber elegido el dolor de los otros por comodidad propia.»

«¿Es natural cometer errores tan espantosos durante la juventud? El momento en que cae el velo que todo lo tapa no se escoge. No se escoge ni siquiera que caiga. Un velo puede llevarse toda la vida. Uno o más. Tantos como sea necesario para no ver al otro.»

«Dar lo que hace falta no es regalar, es proveer.»

«No es bueno que en el mundo haya un corazón que pesa tanto. Todo se desequilibra. Sabes que para perdonarte a ti, tengo que perdonarme yo.

La única manera de perdonarnos es hacerlo en otro.

—Me perdono, sí. Tienes razón. Me perdono para que te perdones. Tú debes vivir tranquila, yo debo morir de la misma manera. La vida y la muerte necesitan paz. Tienes razón. Me perdono.»

«¿Será cierto que cuando nos alejamos de lo que nos resulta confortable nos aproximamos a lo que somos de verdad? Las preguntas de Haru la distraen y la acompañan. Si son buenas, llevarán la respuesta en su interior. Pero para las respuestas no tiene prisa, como tampoco tiene prisa para hacer el camino. El camino consiste en hacerlo, no en acabarlo.»

«¿Cuánto falta para llegar a su destino? No se puede calcular; el destino no es un lugar; el destino nunca está a una distancia concreta.»

«Nunca tires para seducir a nadie; nunca tires para ser más que nadie; nunca tires para demostrarte nada a ti misma; el tiro con arco es un estado que se puede compartir.»

«No quería que repitieses la vida que las mujeres tenemos en los pueblos, casarse, tener hijos, obedecer, callar, trabajar tanto o más que ellos pero sin el mismo mérito. No he sido feliz, Haru. Y me alegra haber muerto, porque volveré en el cuerpo de una mujer libre, capaz de elegir su vida desde el principio; una mujer que no esté atada a nada por la tradición, la familia, la religión o la patria.»

«¿Qué le preguntarías a un búho, si pudiera contestarte ahora mismo?»

«Una combinación de respeto y confianza —comenta Haru—. ¿No son los elementos de los que está hecho el amor?»

«Cuanto más se acerca a la casa del padre, más ganas tiene de volver atrás y más ganas también de llegar. ¿Cómo es posible que dos sentimientos tan opuestos sean reales al mismo tiempo y con la misma intensidad?»

«El sol y la luna conviven en el firmamento, Haru. Cuando impera el primero, es de día, cuando impera la segunda es de noche. Pero en el mundo es de día y de noche a la vez.»

«La muerte es difícil de entender. Hay tres tejedoras de nuestras vidas; la primera se encarga de elegir los hilos de la existencia para que cada cual tenga la suya, la segunda los tensa en el telar y la tercera los corta, cuando el tejido está terminado.»

«Un silencio que apretaba como si se tratara de paredes altas y gruesas y oscuras que no dejaban pasar ni el aire ni la luz.»

«Las mujeres tienen hijos para justificar sus matrimonios, Haru; y resulta que se casan para tener hijos; ¿ves lo absurdo de la situación?»

«La libertad sólo te la puede dar el conocimiento. Estudia hasta que tengas la sensación de que no sabes nada. Hasta que tengas la convicción de que no sabes nada.»

«¿Es la vida un camino hacia la reconciliación? ¿Es eso lo que sabe su padre? ¿Que todo tiene un sentido? ¿Es ésa su fe? ¿Es por ese motivo que la madre no lamentó tener que morir? ¿Era capaz de entender el paso necesario? ¿Es verdad que tenemos que morir antes de morir para saber que la muerte no existe?»

«Mira hacia arriba y ve las copas altísimas de hojas incontables como estrellas. No dejan ver el cielo ni tampoco que pase la luz. Mira el suelo: húmedo, oscuro. Quiere irse y quiere quedarse. Quiere retroceder y quiere avanzar. ¿Cómo es posible que dos sentimientos tan opuestos sean reales al mismo tiempo y con la misma intensidad?»

«Ha estado meditando. Ha vuelto a ver a la mujer de otro tiempo, futuro o pasado, la mujer que escribe sentada a una mesa de madera, rodeada de libros, con un gato negro que pasa a su lado, y de fondo el sonido de las olas del mar, algunos pájaros, quizás gaviotas, quizás golondrinas, la mujer está atenta y, como la otra vez, vuelve la cabeza y la mira, le dice que el canal sigue abierto.»

«De repente, a un paso de donde está, un pez sale a la superficie con un salto que le permite permanecer fuera un instante. ¿Qué habrá visto? ¿Cómo debe de pensar que es la tierra, si todo lo que abarca con la vista es lo que puede mirar durante sólo unos segundos? Aquel pez es como las emociones, piensa Haru. Salta, mira y cree que ha visto, que sabe, que tiene elementos suficientes para decidir. La emoción te lleva afuera del río. El sentimiento, al fondo del agua. La culpa que siente es un pez fuera del agua. Tame la acogió, le enseñó un oficio y sus secretos, la trató con afecto y delicadeza. Confió en ella. Hasta el final. Más allá del final. ¿Por qué? Confiar en alguien que no lo pide es endeudarlo.

Haru nada hacia la orilla. Se da cuenta de que todavía busca argumentos para perdonarse. No los va a encontrar, porque lo que ella querría es no haber actuado como lo hizo, lo que ahora conoce en profundidad es el arrepentimiento, la consciencia espantosa de haber elegido el mal, de haber faltado al conocimiento, de haber huido de la responsabilidad, es decir de la verdad. Lo que ahora siente es la angustia de haberse dejado llevar por la comodidad, por las circunstancias, por las apariencias, por el poder y la fuerza y el dinero. La angustia de haber vivido fuera del agua, con las emociones, creyendo que podría quedarse para siempre en la superficie, sí, mirando a los otros peces que también hacían equilibrios por no caer de nuevo dentro del agua y ver el fondo.»

«Es curioso que las cosas que se aprenden hagan efecto tantos años más tarde.»

«Ha estado delante de ella sin mirarla, porque lo que ha intentado es descubrirla. ¿Habría tenido algún sentido preguntar quién es el bosque? Para mirar hay que ver.»

«La maestra le contestaba que debía jugar con calma, que tenía que pensar, y le aseguraba que, cuando aprendiese, ganaría; que ganaría incluso cuando perdiese.»

«No es lo mismo ir que llegar. Es como la distancia que separa el amanecer del ocaso. Una distancia innegociable. Irreconciliable.»

«Haru visualiza la imagen de una gota de lluvia sobre una hoja. Se resbala poco a poco, sin voluntad la hoja y sin voluntad la gota, hasta que cae al suelo y se funde para formar barro, mientras la hoja se eleva de nuevo, liberada del peso transparente y líquido del agua.»

«El misterio de la vida es un grano de arena. ¿Pero cuál? Frente a un desierto, ¿cuál? El misterio de la vida es una gota. ¿Pero cuál? Frente a un lago, un río, el mar, ¿cuál? El misterio de la vida es indiscernible. No se puede separar lo que es misterio de lo que no lo es: el origen de la confusión.»

«Haru camina hacia donde ha caído la flecha. La recoge. Le pasa los dedos de arriba abajo. Vuelve al lugar en que ha dejado las cosas, las pocas que constituyen su equipaje. Sólo es imprescindible el conjunto de objetos que se pueden usar a la vez. Una suma fácil, cuando se aprende a hacerla.»

«Inicia el descenso por la falda de la montaña, hacia el valle. Pronto dejará de ver el pueblo, que se vislumbraba a la perfección desde las alturas. Que no lo vea no quiere decir que no esté.»

«¿Tiene miedo? El miedo es una opinión, Haru. Es hacer un mal uso de la información, de la imaginación, del tiempo. El miedo no existe. Existe la alarma, la atención, el cuidado. El miedo es un instrumento de poder. Contra los demás, contra ti misma. ¿Qué te da miedo? Cuando analizas lo que lo provoca comprendes que sólo se trata de lo que no puedes controlar. Sólo puedes dominarte a ti misma. Por eso el miedo no existe: tú estás a tu cargo, tú puedes contigo. El miedo es un dibujo incorrecto, un mapa inútil. Si te dejaras llevar por él te paralizarías y, al paralizarte, empezarías a cometer injusticias. El medio es la fuente de la injusticia, Haru, no puedes olvidarlo.»

«Haru se pregunta por qué cada lugar que visita le parece perfecto para quedarse. ¿Porque aquello de lo que huía ha desaparecido? ¿Porque no quiere llegar a su destino? Recuerda la enseñanza de la maestra Kazuko: «Nuestro destino no es el que creemos sino más bien lo que se nos cruza en el camino cuando nos desviamos por razones impensadas.»

«¿Se puede reconocer, el destino? ¿Puede diferenciarse de lo que no lo es? ¿Es sólo el punto de llegada o es cada punto del camino?»

«Cuanto más silencio hay afuera, más puede escucharse lo que se lleva dentro.»

«Lo que harás ya está hecho. El tiempo no es más que el orden necesario para nuestras mentes limitadas, que no pueden entender ni la eternidad ni el infinito. Para vivir necesitamos el concepto de sucesión. Pero el círculo no tiene ni antes ni después.»

«La similitud es inquietante. Hay veces en que las cosas se parecen mucho; hay veces en que demasiado. ¿Quién lo decide?»

«Ha habido noches estrelladas que han pasado al raso y han mirado el cielo oscuro y agujereado como si fuera un juego, como si asomaran la cabeza por las cerraduras infinitas de puertas innumerables. ¿Qué hay detrás del cielo?»

«Ha sentido la energía que provoca el ayuno de palabras. Es como el otro, como el de los alimentos: un descubrimiento diario. Haru comprende que una es lo que come, sí, pero es también lo que habla. La distancia entre las palabras y los hechos es asombrosa. Excesiva. Las palabras sustituyen trayectos, tiempos, sentimientos. Son comodines. Las intercambiamos. Son mías, son tuyas. Son las mismas y no lo son. Cartas: te tocan algunas, querrías otras. Palabras ganadoras, perdedoras. Proyectiles, recipientes. Tejados, pozos. Pequeñas, inmensas.»

«Hace días que no habla. Piensa cuál será la primera palabra que dirá. Tiene claro que deberá ser necesaria. Llenar el aire de lo que hace falta. El sonido del mundo no debería ser sobrante. Sólo es imprescindible el conjunto de sonidos que se pueden escuchar al mismo tiempo. Decir modifica la respiración. Puede interrumpirla, puede agitarla, puede dificultarla. ¿Qué tienes que decir, Haru?»

«Piensa si será capaz de guardar la primera palabra para cuando llegue a casa del padre como se reserva el sorbo de agua para la etapa más complicada de una travesía por el desierto.»

«Ahora deja atrás el pueblo de las mujeres esculpidas. Se ha resistido a llamarlas mudas. Es verdad que no hablan, pero da la sensación de que es porque no lo necesitan. Parece una decisión.»

«Haru tiene la sensación de salir de un sueño, más que de un pueblo. Hay pueblos que son como un sueño, piensa. Sueños que son como un pueblo.»

«Camina descalza. Quiere notar cada paso en los pies. La temperatura de la tierra, el latido. Se siente ligera. La alegra la idea de la llegada a la casa donde creció. Ya no teme.»

«¿Es la vida un camino hacia la reconciliación?»

«Es el atardecer. La luz se ha suavizado tanto que parece provenir de un astro diferente al sol.»

«Miras mucho y ves poco. Deberías cerrar más a menudo los ojos.

—¿Dónde vives?

—Vivo allí donde llego cada día. Y en el trayecto que hago para llegar. ¿Y tú?»

«Escuchas mucho pero oyes poco.»

«—Soy ciego, si es eso lo que quieres comprobar. De nacimiento.

Haru espera a que siga hablando.

—¿Crees en los espejos? —pregunta el anciano. Ha sacado unas semillas de la bolsa que lleva cruzada sobre el pecho y se las ha metido en la boca.

La desconcierta la pregunta. El hombre añade:

—¿Crees que una persona que mira su reflejo en un espejo se ve a sí misma mejor de lo que podría hacerlo yo ahora?

¿Lo cree?

—El poder del espejo es recordarnos que se nos ve desde fuera. Que somos lo que somos.

Haru recuerda el trozo minúsculo de luna que tenía en la zapatería. Recuerda que tenía que ir con cuidado de no cortarse cada vez que lo enderezaba. ¿Verse? No, no se veía. Si se hubiese visto habría sabido de qué era capaz. Y al saber de qué era capaz habría podido frenar al ser egoísta, soberbio, cruel y engreído que habitaba en ella esperando día tras día, hora tras hora, la oportunidad de intervenir. Dame la circunstancia adecuada y te presentaré la peor de tus caras. Si pactas con la ignorancia, ganaré cada vez que presentes batalla.»

«—Cuando era joven, mi mayor deseo era encontrar remedio para mis ojos inútiles. ¿Qué hacían, en mi cuerpo, si el propósito no era el de permitirme ver lo que tenía delante? En nombre de mis ojos cometí las injusticias más terribles.»

«Ahora te estoy mirando, y lo que veo es un hombre bueno que no puede ver que es un hombre bueno porque piensa que, para verlo, necesita mirarse. Déjame que sea tus ojos, me dijo el maestro, y sé tú mi bondad, me pidió; hagamos juntos el camino, me propuso, hasta que llegue el día en que tú veas y yo sea un hombre bueno. El maestro murió en mis brazos, ¿sabes?, pero antes de que abandonara este mundo le dije, ahora te estoy mirando, maestro, y lo que veo es un hombre bueno que no ha pensado que era un hombre bueno porque ha dedicado la vida a hacer ver a los otros su bondad.»

«El tiempo se convierte en espacio. El espacio se transforma en energía.»

«¿Cuántas veces puede perder un arquero su arco? Haru recuerda, exhausta por el esfuerzo, la respuesta a esa pregunta: ¿Cuántas veces estaría una persona dispuesta a perder la vida?»

«La vida es como una de estas redes: para reparar un agujero, sea del tamaño que sea, tienes que hacer primero otro más grande. La muerte de una hija es la red entera.»

«Veinte años son demasiado largos para que duren un minuto más.»

«La mentira es un túnel incompleto que sólo tiene salida por el mismo lado por el que se entró.»

«Se le acelera el corazón. Está a punto de entrar en el pueblo. El lugar en que nació. ¿La reconocerá alguien? ¿Y ella reconocerá a alguien? ¿Es necesario ser reconocido, para pertenecer?»

«El tiempo que recuerda la mente es casi toda la vida. Es muy cierto que el pasado y el futuro sólo se encuentran en las ideas. ¿Cómo deshacerse de ellos? El pasado crea culpa o nostalgia. El futuro provoca esperanza o ansiedad. Ella no quiere ni culpa ni nostalgia ni esperanza ni ansiedad.»

«Saber lo que no quiere le parece importante, ahora. No hay que hacer nada; sólo es necesario no hacer lo que no quiere.

No hacer lo que no quiere: ¿Es así como pasa lo que debe pasar?»

«Os pueden quitar lo que tenéis, pero no lo que sabéis.»

«No se puede huir del destino. El camino es en círculo y se pasa una vez y otra por los mismos sitios hasta que se miran de cara.»

«—Un padre siempre sabe cuándo va a llegar un hijo.»

«Y cada día que pasa me arrepiento y me alegro de lo que hice.

   ¿Cómo es posible que dos sentimientos tan opuestos sean reales al mismo tiempo y con la misma intensidad?»

«El poder es la gran trampa. El poder es la obtención rápida pero efímera de lo que debería alcanzarse con lentitud.»

«¿Quién puede decir que sólo es de día o sólo es de noche, si noche y día empiezan y acaban sin parar?»

«Haru había aprendido a observar y se mantuvo alejada de las emociones para acercarse lo máximo posible a los sentimientos.»

«Quiero, quiero, quiero, repitió Haru por dentro; y siguió callada. No hay que hacer nada; sólo es necesario no hacer lo que no queremos. No hacer lo que no queremos. Es así como pasa lo que debe pasar.»

«¿Daba derechos, el tiempo? No, lo que daba el tiempo era la sensación de propiedad. ¡Qué error tan basto!»

«—Cuando uno deja de enseñar, Haru, puede convertirse en maestro de un alumno elegido, del único posible, del predilecto. Es el premio a una vida dedicada a transmitir conocimientos. El compromiso con este alumno es absoluto, porque es el compromiso con uno mismo. No se abandona, no se claudica. No hay rendición posible.»

«Sabía que tarde o temprano comprenderías la paciencia, el equilibrio y la fe. Sólo se puede llegar de la manera en que tú lo has hecho: desde el error, desde la soledad y el desengaño. Acércate.»

«No era diferente el shodo del tiro con arco. La concentración en un punto fuera de uno mismo que acaba por convertirse en uno mismo. La identificación con lo otro. La fusión absoluta, no ser nada para serlo todo; serlo todo para no ser nada. Y permitir que ocurra lo que debe ocurrir.»

«Allí se acerca a una tomatera; primero no existías, le dice a un tomate maduro; has crecido a pesar de los obstáculos, te has mantenido; ahora, si te dejo donde has nacido, lo único que podrás hacer es pudrirte. Lo arranca con cuidado.»

«A las cosas y a los lugares no se puede volver ni siquiera volviendo.»

«Está a punto de dejar el lugar en el que nació. Donde algunos la han reconocido. Donde ella ha reconocido a algunos. No se pertenece a un lugar por el hecho de que te reconozcan. Por el hecho de que reconozcas.»

«No se puede deshacer un camino, es lo que piensa Haru días después de haber comenzado el regreso al dojo. Este árbol que veo ahora no es el mismo de hace diez años, este lago, estas piedras, la montaña. Y la Haru que ven el árbol, el lago, las piedras, la montaña, no es la misma de hace diez años. ¿Qué ha cambiado? No se trata sólo de la velocidad dé la sangre, del peso de cada pensamiento, de las desapariciones o las despedidas. Tampoco tiene que ver con los intereses o las circunstancias. Lo que ha cambiado es la consciencia. La de cada cosa. La de ella misma respecto a cada cosa.»

«Los pasos lentos. No es que no tenga prisa. Ni que la tenga. El tiempo no importa. Es sólo el transporte dentro del que se desplaza.»

«A veces camina de día, a veces de noche. La luz del sol y la de la luna. Las contradicciones que conviven. La intensidad de dos sentimientos opuestos que piden ser el único.»

«—Lo que no sé es si conseguí prever mi destino o si lo he buscado hasta encontrarlo, después de verlo. No sé si fue una premonición o un mapa.»

«La autoridad es un mal endémico que proviene de la ignorancia, sí, pero de la maldad también. No es lo mismo el mal que la maldad. El mal forma parte de la vida, como también forma parte de ella el bien. La maldad es una práctica voluntaria que los que la siguen consideran irrenunciable. La bondad igual.»

«—Un camino no puede rehacerse. Las puertas que se abren y se cierran son diferentes en cada trayecto. Sólo se repite lo que no has mirado de frente.»

«Y quizás ha llegado el momento de que ya no pueda permitirme faltar ni una sola vez más a mi palabra.»

«Dar la palabra es siempre una intención de futuro. Llegará un día en que no podamos permitirnos dar palabra sobre nada. Un día en que los actos hablen por nosotros sin necesidad de que los justifique el pasado, sin necesidad de que los aligere una promesa de futuro.»

«—El camino es el mismo para todos —dice Kokuro.
—Para todos los que lo hacen —apunta Takara.»

«—Realizaré un solo tiro. No como pago por la noche que he dormido bajo el cielo sino para que me abras la puerta para irme.

—No hay puertas —ríe la jinete.

—La propiedad es la puerta mejor blindada del mundo.»

«Esta miserable kyudoka necesita sólo un instante y sólo un gesto para poseer oro, tal y como acabas de demostrar. El oro del que tú presumes, en cambio, no puede comprar lo que yo he aprendido. Ni con un gesto ni en un instante.»

«Cuando alguien quiere detener nuestro camino para mejorar el suyo, ¿qué debemos hacer?»

«Un fruto que se queda enganchado a la planta en la que nace no puede hacer más que pudrirse. Debe arrancarse de un estirón suave.»

«Haru llega al lugar en el que no hay fronteras y, una vez trascendidas, Haru lo es todo. Es jardín, arco, huerto, familia, flecha, jabón, jóvenes, agua. Es.»

«Hay un espíritu geométrico, en el hecho de caminar, piensa Haru. Líneas. Sumar pasos. Es una operación que se repite a sí misma. ¿Qué figura traza su trayectoria?»

«Haru piensa que cada semilla supone un segundo en la vida de aquella mujer. Es como un reloj de arena. Hay que tener mucho tiempo para contar cada segundo.

—Hay que tener mucho tiempo para contar cada segundo —le dice.

—O muy poco —sonríe ella. No ha abandonado el trabajo ni un momento. Es como si pasara las cuentas de un mala. Espera lo que debe llegar con serenidad. Sus manos son tan sarmentosas que parecen raíces.»

«Un relato para cada persona. Las palabras con que zurcir los agujeros que hace la vida.»

«¿Cómo sabes que eres arquera?»

«Avanza con tal lentitud que llega enseguida. Ve la puerta del dojo y piensa, debe de ser algo así lo que sentían los navegantes históricos que recorrían perdidos los océanos cuando por fin encontraban la tierra desconocida de la que habían defendido la existencia con la propia vida. La sensación de tocar lo que la fe ha sostenido.»

«Cada cosa sabe qué tiene que hacer porque cada cosa tiene su lugar.»

«Cuando los maestros son considerados grandes maestros, se les ofrece la gracia de ocupar un lugar privilegiado. Un lugar desde el que observar sin ser visto. Un lugar desde el que actuar y enseñar con el ejemplo. La base de la consciencia.»

«Son quienes más tardan en hacer el camino los que finalmente pueden enseñarlo.»

«—*Respeto* y *confianza*; dos palabras que sustituyen a una sola. ¿Cuál?

—*Amor* —contesta Haru, segura de la respuesta—. La taza era de mi madre.»

«—Respecto a la dureza del camino, debo decirte que no es más duro llegar a ser maestra que llegar a ser panadero o campesina o arquitecta. No es dura la vida, Haru. La hacemos dura porque no la aceptamos como es, no le tenemos ni respeto ni confianza.»

«Suficiente
es suficiente.»

Este libro se ha compuesto con la tipografía
Baskerville sobre un papel Super Snowbright
de 90 gramos, y la portada se ha impreso en una
cartulina Modigliani de 250 gramos. Se acabó
de imprimir en Sant Llorenç d'Hortons el 16 de
setiembre de 2022 y completa el círculo abierto
por la novela *Haru* el 16 de febrero de 2016.